Joachim Klinger

Freispruch für die Karikatur

Joachim Klinger

Freispruch für die Karikatur

Ein Plädoyer für »Die bucklige Tochter der Zeichenkunst«

Mit 15 Karikaturen des Verfassers

Grupello

Die Deutsche Bibliothek – CIP-Einheitsaufnahme

Klinger, Joachim :
Freispruch für die Karikatur : Ein Plädoyer für
»Die bucklige Tochter der Zeichenkunst«;
mit 15 Karikaturen des Verfassers / Joachim Klinger
– 1. Aufl. – Düsseldorf : Grupello, 1999
ISBN 3-933749-26-3

1. Auflage 1999

Schwerinstr. 55 • 40476 Düsseldorf
Tel.: 0211-491 25 58 • Fax: 0211-498 01 83
Druck: Müller, Grevenbroich

ISBN 3-933749-26-3

Zum Geleit

Juristen sind üblicherweise bevorzugte Objekte von Karikaturen. Hier aber steigt einer, der nicht leugnen kann, Jurist zu sein, selbst in die Arena der Karikatur, um seine bildliche Satire anderen angedeihen zu lassen; er vertauscht also die herkömmliche Objektstellung des Juristen mit der des Subjekts. Aber auch ihm sind wie anderen Karikaturisten die Juristen zumindest partiell Objekt der Karikatur. Indem er nämlich Freispruch für die Karikatur fordert, nimmt er die am Verfahren beteiligten Juristen ins kritisch-liebevolle Visier; bildnerisch dargestellt finden sich auch die von Klinger mit Recht besonders geschätzten Karikaturisten, so vor allem Honoré Daumier, Heinrich Zille, Wilhelm Busch und A. Paul Weber. Dabei weiß er sich nicht nur der Feder als karikierendem Zeichenstift augenöffnend zu bedienen. Er führt auch die Feder des Schreibers elegant und überzeugend. So ergänzen sich Schrift und Bild vorzüglich; und niemand, der beides auf sich wirken läßt, wird so herz-, lieb- und niveaulos sein, die Karikatur, wie sie von unserem Künstler charakterisiert wird, zu verurteilen. Joachim Klinger erweist sich nämlich mit seinem Plädoyer nicht nur als zeichnender und schreibender Künstler, sondern auch als großer Moralist. Er stellt an die Karikatur hohe moralische Ansprüche. Als Karikatur, wie er sie verteidigt, läßt er nur die »große Karikatur« gelten, die »nicht aus einer bösartigen Angriffslust heraus Attacken reitet« und nicht wie »ein bösartiger Wachhund nur darauf aus ist, zuzuschnappen und zu verletzen«. Einer moralisch fundierten Karikatur, »die elementare Tatbestände unseres Daseins enthüllt« und auf das Wesentliche, dieses pointiert hervorhebend, reduziert, erlaubt er nicht die verfälschende Verzerrung;

aber er gesteht ihr mit Recht das Gestaltungsmittel der Übertreibung zu – dies aber in »Bindung an die Wahrheit, der sich die Karikatur unabdingbar verpflichtet weiß«. In der Tat macht oft die Übertreibung, verbunden mit spontanem, unmittelbarem, prägnantem Zugriff, ein Problem erst so recht deutlich. Mit alledem widerlegt Klinger für seine Person das – leider grundsätzlich nur zu berechtigte – Vorurteil, Juristen seien trocken, starr, unlebendig, pingelig, in Paragraphen eingebunden und sich darin verheddernd, mehr oder weniger engstirnig und gelegentlich moralinsauer, sozusagen totes Geäst am grünen Baum des Lebens; ein solcher Jurist, dem man gelegentlich auch rechtsverdrehende »Künste« nachsagt, verharrt in den Niederungen des Alltags, ohne sich zu geistigen oder gar künstlerischen Höhenflügen aufzuschwingen. Da ist der Künstler, wie er sich in Joachim Klinger repräsentiert, von ganz anderer Statur: Zeichner, Literat und Moralist lassen weit hinter sich, was man unter dem eben gekennzeichneten Juristen verstehen mag. Von dem Freispruch für die Karikatur, den das Plädoyer nahezu unausweichlich vorgibt, werden freilich all die anderen, die sich lediglich als Karikaturisten ausgeben oder sich dafür halten, ohne den damit verbundenen Ansprüchen zu genügen, kaum profitieren können. Ihnen hilft auch Klinger nicht aus der Patsche, wobei es allerdings nicht immer ganz einfach sein wird, die einen, die Böcke, von den anderen, den Schafen, zu unterscheiden; überdies sollte man auch mit den Karikaturisten minderen Kalibers, sozusagen mit dem Pöbel dieser Spezies, einigermaßen glimpflich verfahren. Wie auch immer: Das Büchlein bereitet in mehrfacher Hinsicht Freude, so beim Betrachten der Zeichnungen, bei der Lektüre und als Anlaß zum Nachdenken.

Horst Sendler

»Es gehört durchaus eine gewisse Verschrobenheit dazu, um sich gern mit Karikaturen und Zerrbildern abzugeben«

Goethe, Wahlverwandtschaften

Hohes Gericht!

Vor Ihnen sitzt eine kleine Frau auf der Anklagebank. Sie ist nicht das, was die Männer als »attraktive Schönheit« zu bezeichnen pflegen. Ihre Gestalt ist ein wenig krumm, ihre Nase etwas lang und spitz. Aber blicken Sie einmal in ihre großen und klaren Augen, und Sie werden ihren wachen und scharfen Geist spüren!

Meine Herren Richter!

Vor Ihnen sitzt eine Tochter der Zeichenkunst. Sie wird verantwortlich gemacht für alles, was im Bereich der Grafik als Karikatur qualifiziert wird. Und natürlich ist sie verantwortlich für diejenigen Produkte, die es verdienen, Karikaturen genannt zu werden. An ihren Taten sollt ihr sie messen! Das anerkennt auch meine Mandantin, und sie sieht Ihrem Urteilsspruch, meine Herren Richter, ebenso gelassen wie zuversichtlich entgegen.

Die Ankläger haben das Wort gehabt. Die Karikatur, meine Mandantin, habe sich, so sagen sie, in das Reich der Künste eingeschlichen. Deshalb zielt der Antrag der Ankläger auf harte Bestrafung und unverzügliche Ausweisung ab.

Ihrer äußeren Gestalt nach seien Karikaturen häßlich, ja widerwärtig. Ihre inhaltlichen Anliegen seien anmaßend, frivol, niederträchtig und zerstörerisch. So die Sprache der Ankläger!

HOHES GERICHT!

Ich werde nachweisen, daß die Ankläger unrecht haben. Sie verfälschen nämlich das Wesen der Karikatur als einer spezifischen künstlerischen Ausdrucksform und urteilen auf Grund durchaus unerwünschter Wirkungen, die das Werk der Karikatur sein können. Unerwünscht freilich, weil sie den Anklägern nicht passen!

Anwalt mit Angeklagter

Es gehört zum Wesen der Karikatur, daß sie Attacken reitet, allerdings nicht aus einer bösartigen Angriffslust heraus, sondern weil sie sich berufen fühlt, schlimme Taten anzuprangern und Personen zu entlarven, die das klare Licht der Wahrheit scheuen müssen.

Die großen Karikaturisten der sogenannten deutschen Witzblätter begründeten ihren Ruf und ihren Ruhm gegen Ende des 19. und zu Beginn des 20. Jahrhunderts durch ihre Kritik der Verhältnisse. Sie nahmen damit die Tradition so bedeutender Karikaturisten und Zeitkritiker wie Daumier und Grandville in Frankreich, wie Hogarth und Cruikshank in England auf und leisteten mit ihrer unerbittlichen Betrachtungsweise und dem zumeist erstaunlicher Einfachheit verpflichteten Stil ihren originellen Beitrag zur politischen Satire. Dabei beschränkten sie sich keineswegs auf das politische und gesellschaftliche Tagesgeschehen oder auf die Oberfläche der Verhältnisse. Ihre Zeichenfeder drang wie ein Seziermesser bis zu den Ursachen der Mißstände und Unzulänglichkeiten vor und legte menschliche Schwäche und Gemeinheit bloß. Viele Lebenstatbestände, vom Zeichenstift festgehalten, begegnen uns noch heute – nur in einem anderen Kostüm.

Bei sogenannten anständigen Menschen, also blinden Patrioten, bigotten Kleingeistern und verstockten Philistern, verletzten die meisten Zeichnungen das staatsbürgerliche Bewußtsein, das Gefühl für Sitte und Ordnung. Wie die Journalisten kritischer Gazetten galten auch die Karikaturisten in aller Regel als Schmutzfinken, die das eigene Nest besudelten. Die »Güter der Nation« waren ihnen nicht heilig, sie benahmen sich ungehörig.

Die Angeklagte

Dazu standen sie im Verdacht, mit subversiven Elementen, revolutionär gesonnenen Staatsfeinden unter einer Decke zu stecken, mochten das nun Liberale, Freigeister, Fortschrittliche, Antiklerikale oder Demokraten sein. Ließ nicht das von ihnen geschürte Lachen der Spötter im Land die Kronen der Fürsten schiefer und schiefer rutschen? Wie das kleine Kind in Andersens Märchen »Des Kaisers neue Kleider« hoben Eduard Thöny, Rudolf Wilke, Olaf Gulbransson, Thomas Theodor Heine und andere den Finger und öffneten vielen die Augen dafür, daß der Kaiser gar nichts anhatte. Sie zeigten, daß es mit den Hofschranzen, dem Militär und dem Klerus nicht besser stand.

Als die Karikaturisten, von ihren Opfern als »Witzblattzeichner« diffamiert, nicht mehr zu fürchten brauchten, wegen Mißachtung der Obrigkeit bestraft zu werden – nur die Gotteslästerung war zu meiden! –, wurde ihr Humor immer galliger, ihr Witz immer ätzender. Die gesellschaftlichen Verhältnisse und der Parteienhader der ungeliebten Weimarer Republik boten Anlaß genug (obwohl ein wenig Schonung der schwachen Demokratie sicherlich gut getan hätte). Das Lachen der Betrachter wurde entsprechend höhnischer – bis es verstummte. Die Diktatur läßt sich nicht verspotten; sie lächerlich zu machen, ist ein Verbrechen. Das Verdikt »zersetzende Kritik« erfaßte im Tausendjährigen Reich die meisten Karikaturisten; nun mußten sie das Schlimmste befürchten. Verschont blieben nur die unpolitischen, harmlosen Zeichner, die sich auf Alltagsbanalitäten und billige Späße beschränkten, kurz – im heutigen Sprachgebrauch – als Entertainer betätigten.

Die Richter

Zur Klarstellung möchte ich darauf hinweisen, daß ich in meinem Plädoyer diese Zeichner sowie alle, die aktuelle Tagesereignisse in Zeitungen zeichnerisch glossieren und gar nicht die Absicht haben, eine möglicherweise dahinter steckende Grundsituation zu erhellen, ausklammere. Ihre regelmäßige Produktion – im wesentlichen für den Zeitungsleser bestimmt und nicht selten in dienender Funktion gegenüber dem Leitartikel – sei keineswegs geringgeschätzt. Der tiefgreifende Unterschied zur großen Karikatur aber, die elementare Tatbestände unseres Daseins enthüllt, wird dann besonders deutlich, wenn wir die auf die Tagespolitik beschränkten Arbeiten nach längerer Zeit betrachten. Wir verstehen sie einfach nicht mehr; sie bedeuten uns nichts.

Außer Betracht lasse ich auch die Bildfolgen amüsanter Strichmännchen – ein eigenes Genre, das hier nicht zur Debatte steht.

Jede Kunstsparte hat ihre genuine Spannweite. Dies führt nun allerdings zur Frage, womit wir es bei dem Kunstprodukt Karikatur eigentlich zu tun haben.

»Karikatur« leitet sich, wenn man der Sprachwissenschaft trauen darf, vom italienischen Wort »caricatura« ab. Das bedeutet so viel wie »Überladung«. Ein Lastwagen, den man überladen hat, besitzt einen Buckel oder Höcker. So ist auch die Karikatur bucklig, nicht überladen, aber überhöht.

In vielen Lexika findet man neben dem Wort Karikatur zur Erläuterung die Bezeichnung »Zerrbild«. Das Werk, das die bucklige Tochter der Zeichnung zu verantworten hat, trägt ihren Namen, aber es ist alles andere als ein Zerrbild!

Die Ankläger

Auch ein so gedankenvoll abwägender Kunstbetrachter wie der von der Anklage zitierte Theodor Heuss verkennt das Wesen der Karikatur, wenn er in seinem Aufsatz »Zur Ästhetik der Karikatur« sagt:

> Sie macht häßlich und klein, sie gibt das Erhabene dem Lächeln und Lachen, ja dem Verlachen preis.

Weiter meint Theodor Heuss, Karikatur, zunächst nur formal betrachtet, bedeute »Lüge und Täuschung.« Er spricht damit etwas aus, was viele verallgemeinernd und wegwerfend über die Karikatur äußern. So auch der Ankläger!

Wenn man dieses Fehlurteil auffächert, treten zwei Vorwürfe hervor: Weglassen und Übertreiben! Angeblich unterschlägt und verzerrt die Karikatur.

Der Satz »Zeichnen heißt weglassen« ist allgemein geläufig. Sagt er Entscheidendes über das Wesen der Zeichnung aus? Gehört das Weglassen zum Wesen der Zeichnung? Wenn das zutrifft, dann darf darin natürlich kein vorwerfbarer Mangel der Karikatur gesehen werden.

In der Karikatur wird die Qualität des Weglassens nicht selten am Porträt einer Person der Zeitgeschichte demonstriert. Bewundernd heißt es dann: »Nicht wahr, das ist mit wenigen Strichen der ganze Adenauer?!«

Zunächst: Zeichnung erfaßt überhaupt nicht alles! Heinrich Lützeler (»Wege zur Kunst«) hat das treffend so ausgedrückt:

> Es gibt eine ganze Reihe künstlerischer Techniken, die von vornherein naturfern sind und sozusagen mit einem Akt der Abstraktion beginnen. Dazu gehört die gesamte Schwarzweiß-Kunst, Zeichnung wie Graphik.

Theodor Heuss

Zeichnen hebt nicht alles, sondern Wesentliches hervor, und ist viel stärker als Malen ein Mittel, Gedanken des Menschen auszudrücken oder Sichtbares auf sein eigentliches Sein zu reduzieren. Der zeichnerische Strich ist ein naher Verwandter des Buchstabens, Zeichnung und Schrift sind im weitesten Sinne Geschwister. Es gibt darüber interessante Abhandlungen gelehrter Leute, denen ich hier nicht nacheifern möchte. Einige Hinweise, um die Verwandtschaft zu belegen! Wer seine Unterschrift unter einen amtlichen Text setzt, der »unterzeichnet«. Nicht selten entsteht ein grafisches Kürzel, unleserlich, aber schwungvoll. Auch in chinesischen Tuschzeichnungen wird die geistige Nähe zwischen Schriftzeichen und Bildzeichen erkennbar. Hieroglyphe und zeichnerische Linie gehen oft eine enge, für das Bild notwendige Verbindung ein. Der Doppelsinn des Wortes »Aufzeichnung« wird einem am ehesten bei der Betrachtung einer Skizze bewußt. Die Skizze ist die spontane Notiz eines künstlerischen Einfalls, das rasche Fixieren einer Bild-Idee oder das schnelle Erfassen einer Erscheinung der sogenannten realen Welt in ihrer Grundgestalt.

Diese Form der Zeichnung besticht, wenn sie von der Hand eines großen Künstlers stammt, durch Ursprünglichkeit, Frische und Originalität. Sie kommt der Idee am nächsten, denn sie ist ihr unmittelbarer Ausdruck. Sie präsentiert das Wesentliche auf leichte, fast duftige Weise. Das macht ihren Reiz aus, ruft Entzücken und Faszination hervor. Es hat deshalb seinen guten Grund, wenn wir zum Beispiel Skizzen von Wilhelm Busch den sorgfältigen zum Druck bestimmten Ausarbeitungen vorziehen.

Justitia – neugierig

Daß sich die künstlerische Individualität in der spontanen Skizze am klarsten manifestiert, kann nicht verwundern. Als Notiz gibt sie die Handschrift des Künstlers am besten wieder. Die Sicherheit der Linienführung bezeugt »handwerkliche« Meisterschaft, die Präzision der Notiz beweist die Fähigkeit, die Bild-Idee mit sparsamsten Mitteln festzuhalten.

Die Karikatur hat vielfach das Spontane, Unmittelbare, Prägnante, scheinbar Unvollständige mit der Skizze gemeinsam. Aber das muß nicht so sein. Sie kann auch ausführlicher sein, wie z. B. bei Grandville, Doré und Hogarth. Die besten Karikaturen zeichnen sich stets durch Konzentration und Präzision von Aussage und Gestaltung aus. Auch hier zeigt sich wieder die Verwandtschaft zur Skizze. Wie diese zumeist, ist die Karikatur immer Träger einer Idee. Ihr gedanklicher Inhalt besteht in einem Urteil, das auf scharfäugiger Beobachtung der Umwelt beruht. Karikatur bekennt, was der Künstler als wahr erkannt hat. Da der Karikatur so sehr an einer klaren Aussage gelegen ist, muß sie sich ganz hierauf konzentrieren und alles Beiwerk, alles Überflüssige weglassen. Das Ausparen des Unnötigen führt zur Eindeutigkeit. Stärker als in anderen künstlerischen Bereichen wird die Aussage komprimiert; dadurch wird sie scharf und zuweilen ätzend.

In diesem Sinn ist das vielgerühmte Weglassen zu verstehen. Es meint die Beschränkung auf das Wesentliche, das Eigentliche, das Typische, das Charakteristische. Dies ist nicht nur zulässig, sondern ein Vorzug und eine aus dem Auftrag folgende Notwendigkeit. Nur wo Wesentliches unterschlagen wird, ist ein Tadel berechtigt. Und dann kann es sich nur um eine schlechte, eine mißratene Karikatur handeln.

Adenauer: Wennse mich so sehn, dann isset jut!

Wie steht es nun mit dem Vorwurf der Verzerrung? Verzerrung macht falsch. Das Grundanliegen der Karikatur aber ist es, Wahrheiten herauszustellen und möglichst für alle sichtbar zu machen. Dies ist ihr eigentlicher moralischer Anspruch.

Karikatur verzerrt nicht, sie übertreibt! Das mag nach Wortklauberei aussehen. Doch Verzerrung und Übertreibung sind nicht identisch, sondern verschieden!

Formal gesehen mag man in der Übertreibung eine Form der Verzerrung sehen. Aber – und das allein ist entscheidend! – Übertreibung macht nicht falsch. Die Karikatur greift damit zu einem Trick, um auf die Wahrheit hinzuweisen. Wenn man die Wahrheit zeichnerisch übertreibt – Kleines verkürzt, Großes verlängert –, so wird daraus noch nicht Lüge. Nur muß die Dimension der Wahrheit als solche erhalten bleiben. Ein schmales Gesicht darf nicht breit werden, aber eine spitze Nase darf zur Nadel entarten.

Durch ihre Bindung an die Wahrheit, der sie sich unabdingbar verpflichtet weiß, bringt die Karikatur mit ihrer spezifischen Übertreibung eine Verdeutlichung, die das Publikum erst aufmerksam werden läßt. (Sein Kinn ist wirklich brutal!)

Karikatur präzisiert Wahrheit durch Übertreibung. Dieser Satz ist gewiß nicht absurder als jener von Antoine de Saint-Exupéry, die Sprache, das beste Mittel der Verständigung zwischen den Menschen, sei die Quelle von Mißverständnissen.

Karikatur übertreibt natürlich ungemein ...

Ach ja, die Sprache! Die Ankläger haben der Karikatur vorgeworfen, im Grunde komme sie nicht ohne die Sprache aus. Es sei ihr nicht gegeben, auf sich allein gestellt eine Aussage zu machen. Ich kann und will das nicht bestreiten, obwohl es auch die stumme Karikatur gibt, die eines ergänzenden oder erläuternden Textes nicht bedarf.

Aber, hohes Gericht, darf man denn der theatralischen Kunst vorwerfen, daß sich in ihrem Spiel Geste und Wort miteinander verschwistern? Doch sicher nicht! Gilt es nicht, die Eigenart einer jeden Kunst für sich und aus sich heraus zu würdigen? Ich bin sicher, Sie werden mit mir diese Frage bejahen. Sonst können wir der Karikatur nicht gerecht werden.

Häufig finden wir die Karikatur, die mit einem Titel, einem Stichwort sozusagen, auskommt. Und auch die Karikatur mit einer aus mehreren Worten bestehenden Unterschrift ist gut beraten, wenn sie diese knapp und lapidar hält, also den Text ebenso konzentriert und präzisiert wie die Bildgestalt.

Ich sprach schon über die Nähe der Zeichnung zum Wort, ja, die Verwandtschaft der Zeichen, die Wortgebilde entstehen lassen, und derjenigen, die sich zu einem Bild zusammenfügen. Ein großer

Meister hat Zeichenkunst und Dichtkunst aufs Trefflichste verbunden und war nicht von ungefähr ein bedeutender Karikaturist und Moralist. Ich meine Wilhelm Busch!

In listiger Vorausschau möglicher Verteidigungsargumente haben die Ankläger erklärt, Wilhelm Busch sei kein Karikaturist, er habe als philosophierender Dichter und Zeichner sowie als Verfasser berühmter Bildgeschichten einen unangreifbaren Sonderstatus in der Kunstgeschichte.

Wilhelm Busch

Sie wollten damit meinen Ausführungen vorbeugen, denn natürlich reklamiere ich Wilhelm Busch als Karikaturisten und anerkenne ihn gleichzeitig als einmaligen Künstler. Nach meinen bisherigen Darlegungen brauche ich das kaum noch zu begründen. Mit wenigen Strichen hat er Gestalten geschaffen, die das Typische einer Lebenseinstellung und -führung, einer Profession und Passion repräsentieren und als Persönlichkeiten für uns häufig lebendiger sind als mancher Zeitgenosse, dem wir täglich begegnen. Denken Sie etwa an den Privatier Tobias Knopp, den verhinderten Dichter Balduin Bählmann, an die fromme Helene und ihren Vetter Franz!

Daß der große Menschenkenner und Moralist Honoré Daumier als Karikaturist in die Kunstgeschichte eingegangen ist, haben die Ankläger nicht widerlegen können und nur vage auf seine gewiß nicht zu unterschätzende Ölmalerei hingewiesen.

Bei Heinrich Zille haben sie sich schwer getan und ihn als »populären Volkskünstler mit deftigem Humor und Sympathie für das Lumpenproletariat« nicht der Gattung der Karikaturisten zuordnen wollen. Aber es gibt keinen Zweifel: Zille ist Karikaturist in seinen liebevollen Überzeichnungen, seiner pointierten Situationsschilderung, seinem hingestrichelten Milieu.

Ich höre meine Gegner sagen: Aber das ist doch eigentlich mehr als Karikatur! Meine Damen und Herren, das eben zeigt, in welchem Irrtum Sie befangen sind. Die Karikatur ist nicht wie ein bösartiger Wachhund nur darauf aus, zuzuschnappen und zu verletzen.

Heinrich Zille

Die Karikatur hat Herz, sie übt Nachsicht gegenüber den Schwachen, sie tritt auf die Seite der Armen, Unterdrückten, Hilflosen. Unnachsichtig und hart stellt sie sich aber der Ungerechtigkeit, Willkür und Bosheit entgegen, der Korruption, dem Machtmißbrauch, der Ausbeutung.

Ja, Heinrich Zille liebte die kleinen Leute und holte sie aus ihrem Alltagsmief in die gute Stube des Bürgers! Da standen sie: der kleine Steppke mit seiner Rotznase, die frühreife Göre, die verhärmte Bettlerin, der amputierte Invalide – Mahnmale eines Milieus, einer Gesellschaft, einer Zeit.

Unangefochten und doch zu rasch abgetan von den Anklägern: A. Paul Weber! Ein früher Warner vor der braunen Schreckensherrschaft, mit dem tiefgehenden Blick begabt, den zeitlosen bieder-bösartig-brutalen Spießer zu erkennen.

Daumier, Zille, Weber – drei Zeichner, die als Karikaturisten allen jenen die Augen geöffnet haben, die sich nicht die Zipfelmütze über das Gesicht gezogen hatten.

Niemand hat die Juristen treffender charakterisiert als der Karikaturist Honoré Daumier. Da zerreißen alle Vorhänge und Schleier, die Unzulänglichkeit der Rechtswahrer und die Fragwürdigkeit der Rechtsfindung treten deutlich ans Licht.

Da wird uns das gemütlich-klägliche Dasein des dritten Standes in Mietskasernen und lichtlosen Hinterhöfen nahegebracht, und Vater Zille lächelt mit feuchten Augen.

A. Paul Weber

Wir erkennen, wie die abstoßende Verbindung von Dummheit, Borniertheit und niedriger Gesinnung in infernalischer Gemeinheit kumuliert und begreifen den schmerzvollen Ausdruck in A. Paul Webers Gesicht.

Diese Künstler haben entscheidende Beiträge zur Erkenntnis der menschlichen Natur geleistet. Sie waren Karikaturisten, Hohes Gericht!

Nur wer die Wahrheit nicht ertragen kann, wird behaupten, sie hätten Zerrbilder geliefert. Der Untertitel des Buches »Der Deutsche in seiner Karikatur« lautet »Hundert Jahre Selbstkritik«. Dieser Zusatz trifft genau!

Aus großen Karikaturen einer Epoche kann man eine Dokumentation zusammenstellen, die deren Ungeist besser entlarvt, als eine historische Darstellung dies vermöchte.

Darin zeigt sich der Wahrheitsgehalt der Karikatur, ihre Berufung, aufzudecken, aufzuklären, Zeugnis abzulegen.

Deshalb muß sie auch wie ein Blitz dazwischenfahren können und Situationen und Personen beleuchten und ins rechte Licht rücken.

Sie kommt daher wie ein Aphorismus, präzise und schlagkräftig, eine Wahrheit vielen Zeitgenossen erstmals enthüllend. Müßte ich nicht fürchten, die Literaten gegen mich aufzubringen, so würde ich Lec und Lichtenberg, Chamfort, Rivarol und Joubert als Karikaturisten auf dem Gebiet der Literatur bezeichnen. Jedenfalls wetterleuchten Aphorismen und Karikaturen gleichermaßen als Geistesblitze über der Dumpfheit und Trägheit dieser so unvollkommenen Welt.

Honoré Daumier

Die Verpflichtung zur Wahrheit macht einem das Leben nicht eben leicht. Die Karikatur darf beispielsweise keine Ausnahmen gelten lassen. Sie muß sich gleichermaßen mit Prälaten und Proleten, mit Schranzen und Emanzen anlegen.

Sie muß dabei in Kauf nehmen, daß sie stets eine Mehrheit gegen sich hat. Denn die Dummen und die Bornierten bilden immer eine Mehrheit.

Hohes Gericht! Der Hofnarr ist eine uns allen bekannte Gestalt aus der Zeit der Fürstenherrschaft. Der Narr, der seinen Herrn aufzuheitern und bei Laune zu halten hatte, war nicht selten verwachsen, zwergenhaft, auf lächerliche Weise mißgebildet. War er ein guter und mutiger Hofnarr, dann verbarg er hinter seinen Späßen oft ernsthafte Wahrheiten, und der aufmerksame Zuhörer verstand ihn. Derartige Spaßmacher führen meist Ernstes im Schilde, und neben ihrer äußeren Gestalt hat auch dies die Karikatur mit dem Narren gemeinsam.

Freilich, wir lachen lieber, als dann auch noch nachzudenken! Und auch mit dem Lachen ist das so eine Sache.

Der Spaßmacher, der uns zum Lachen bringt, kann sich nachsichtiger Anerkennung erfreuen, ehrlicher Respekt wird ihm niemals zuteil. Der Spaßmacher betreibt, so meinen wir, kein ernsthaftes Geschäft. Deshalb blicken wir über ihn hinweg, sobald unser Lachen verklungen ist. Verbindet er aber den Spaß mit ernsten Hintergedanken, dann wird er vielen zum Ärgernis.

Wie uns die Geschichte der Karikatur zeigt, ist ihr Ansehen auf doppelte Weise belastet, und dieses Schicksal teilt sie mit dem Hofnarren. Entweder sie wird als Spaßmacher nicht ernst genommen, oder man nimmt ihr die im amüsanten Gewand daherkommenden ernsthaften Gedanken übel.

Auch der Hofnarr hatte, etwa wegen versteckter unwillkommener Wahrheiten und spöttischer Anspielungen kaum Freunde, aber viele Feinde. Er war verloren, wenn er beim Fürsten in Ungnade fiel.

Narr und Herrscher

Hohes Gericht!

Marie von Ebner-Eschenbach hat gesagt, eine kluge Frau habe viele Feinde, nämlich alle dummen Männer. Ich fürchte, meine Mandantin ist in einer ähnlichen Lage. Ihre geborenen Gegner sind Spießer und humorlose Pedanten, Heuchler und engstirnige Amtswalter, ja, so ist zu vermuten, auch die meisten Politiker, weil es ihnen Unbehagen bereitet, durchschaut und in der Öffentlichkeit bloßgestellt zu werden.

Gleichwohl vertraue ich auf die Weisheit des Hohen Gerichts, das jenseits von Kleinlichkeit und Verbitterung ein gerechtes Urteil fällen wird. Es wird bestätigen, daß der Karikatur im Reich der Kunst ein angesehener Platz zusteht.

Wenn die Karikatur Mißstände und Unzulänglichkeiten kritisch herausstellt, dann wird jeder Strich von dem Wunsch großer Moralisten bestimmt, der Mensch möge besser und die Welt möge schöner werden.

Die kleine bucklige Tochter der Zeichenkunst ist eine unerschrockene Kämpferin für die Wahrheit und trägt in ihrem Herzen eine tiefe Sehnsucht nach mehr Güte und Gerechtigkeit, nach mehr Freiheit und Frieden.

Ich fordere Freispruch für die Angeklagte!

Anwalt und Zuhörer